Dominique Ané, connu sous son nom d'artiste Dominique A, est né en 1968 à Provins en Seine-et-Marne. Il est l'auteur de neuf albums dont *La Fossette* qui donna, en 1992, un son et un souffle nouveaux à la chanson pop française.

DU MÊME AUTEUR

Valéry Lorenzo, photographe
Éditions de l'Œil, 2003

Un bon chanteur mort
La Machine à cailloux, 2008

Dominique Ané

Y REVENIR

Stock

TEXTE INTÉGRAL

ISBN 978-2-7578-3155-7
(ISBN 978-2-234-07177-3, 1re édition)

À mes parents

« Je ne saurais dire de quand date, chez moi, cet exercice que l'on pourrait appeler "de mémoire permanente" – au sens de "révolution permanente" –, et qui fait de soi son propre historiographe. Cette historiographie mentale résultant elle-même d'un fréquent ressassement qui aura, j'imagine, commencé à mon insu, il y a longtemps, lors de rêveries enfantines, bride lâchée. Ces dérives allaient, au fil des années, aboutir à l'objet dont j'étais peut-être inconsciemment en quête : les événements de ma vie passée à me répéter et à interpréter. Et à réinterpréter au fur et à mesure de faits nouveaux – toujours susceptibles de modifier le sens général de leur trajectoire – donc la mienne. »

Bertrand de Robillard,
Une interminable distraction au monde

J'ai appris au fil des années que les bouts du monde étaient innombrables. J'ai longtemps cru que Provins était le seul possible, l'unique port au seuil d'une mer qui n'existait pas. J'ai cru que j'étais né au terme d'un voyage que je n'avais pas fait, et que je ne pouvais accomplir qu'à rebours.

La première image qui me vient : une allée qui conduit à une pente terreuse, où je m'embourbe quand il pleut, et il pleut souvent ici. Des ruines de remparts la délimitent, un décor gothique que je côtoie tous les jours sans y prêter attention, accaparé par l'effort. Car la pente est raide, et arrivé en haut, je suis en nage, même en hiver. La Tour César me toise, elle a huit siècles, et moi onze ans. Je longe des murs décrépits. Au bout d'une rue étroite, apparaît une porte blanche, entrée annexe, pour ainsi dire dérobée, du collège. Il ne tient qu'à moi de faire machine arrière. J'appuie pourtant, et la porte s'ouvre, lentement. J'entre.

Trois ans plus tôt : nous vivons encore au village. La Bretonnière est une enclave, cernée de champs de betteraves, et accablée à l'année par un ciel incontinent. Des corbeaux croassent au-dessus des terres striées.

Pire, il n'y a guère que la commune attenante de Rouillot, aux lotissements crasseux, au château d'eau noirâtre. Y vivre s'apparente à un déclassement. C'est là qu'habite la famille Crétard, pourvoyant à cadence régulière l'école en petites frappes, et cumulant à mes yeux toutes les tares dont seule une famille nombreuse peut se prévaloir. Depuis ma chambre en hauteur, je regarde Rouillot à quelques centaines de mètres : je dois m'estimer heureux d'être là.

Trois kilomètres nous séparent de la ville. Cette courte distance suffit à nous couper de ce que j'imagine être une vie normale. Au bout de trois longues années – une par kilomètre ? –, nous revenons en ville.

Une dizaine d'immeubles sont accolés les uns aux autres, et forment un long L. Tous les appartements ont une vue dégagée sur la Ville Haute et ses deux fleurons, la Tour César, autrefois une prison, et la collégiale Saint-Quiriace, juchés sur une colline couverte d'arbres. Cette vue en contre-plongée me rassure : elle tranche avec celle, ouverte sur la plaine, qui s'offrait à moi depuis ma chambre au village, d'où j'avais l'impression de surplomber le vide.

L'autre côté donne sur une rangée de garages, un bosquet envahi de ronces, et des bâtiments industriels qui annoncent la fin de la ville. Au loin, comme mise au ban, se profile Champbenoist, zone bétonnée construite dans les années soixante pour y loger les Portugais et Algériens qui arrivaient. Au-dessus, il y a l'hôpital, et derrière, la plaine, à perte de vue.

Pour mon père, celle-ci est un affront. Né en Ariège à Foix, autre ville où la vieille pierre fait valoir ses droits, il n'a connu que les hauteurs, l'horizon butant sur les crêtes. Pourtant, à une dizaine de kilomètres, la plaine rôdait déjà, tel un avertissement. Ma mère, parisienne, rejoint mon père après leur mariage. Bientôt la montagne l'oppresse : la beauté des lieux ne compense pas la sensation d'enfermement au bas d'une vallée encastrée, sans travail ni amis, et loin de sa famille. Mon père, la mort dans l'âme, demande sa mutation, et l'obtient : ils habiteront la ville de Provins, en Seine-et-Marne.

S'intégrer ne va pas être simple. La ville est petite, imbue de son passé ; il en émane une tristesse à laquelle il est difficile de se soustraire. Tout autour, il n'y a rien : un désert, condamnant l'œil à ne saisir aucune des splendeurs que le monde lui propose partout ailleurs, partout, sauf ici. La plaine désole, et isole : mutique, elle ne révèle rien de ce qui a été, comme tenue au secret. La ville est un îlot en son cœur, une mince consolation d'où un peu de vie émerge, un peu, mais pas assez. Le passé refuse de lâcher la bride au présent, et suinte des bâtiments, telle une substance issue des marécages sur lesquels la Ville Basse s'est construite. Pour ma mère, l'environnement est pesant, mais elle trouve dans la proximité de sa famille une forme de réconfort. Mon père, lui, peint à la gouache des paysages de montagne.

Je nais un soir d'octobre. C'est un dimanche. Mon père attend à la maison, il regarde un match de foot à la télévision. Un temps, je suis censé m'appeler Didier, mais mes parents se ravisent sur les conseils d'une infirmière, amourachée de son neveu Dominique. J'eusse aimé connaître cette femme pour la serrer dans mes bras.

Nous vivons rue des Marais, au-dessus d'une école. La rue est traversée par un des nombreux canaux qui préservent le secteur des inondations. Les murs plongent dans l'eau, des algues s'y accrochent.

Il flotte ici le regret d'une autre époque, qui sourd des séries télévisées que je regarde. Sans les comprendre toutes, j'aime celles qui se passent dans « l'ancien temps », car elles me parlent de choses que je connais. Ce temps, c'est mon présent, voilé du halo du « jamais plus ». Je le laisse me tirer vers l'arrière sans résister, lui accordant toute ma confiance d'enfant : je ne peux pas croire qu'il cherche à me nuire.

Il s'en faut de peu que je ne voie tout en noir et blanc.

Dans un scintillement de clochettes, une poussière d'étoiles se répand sur un lit d'où dépassent deux têtes d'enfants. Puis, l'ours pelucheux gravit l'échelle qui le mène au nuage où le marchand de sable l'attend, et le nuage oblique vers le fond de l'écran, comme téléguidé sur des rails. S'élève alors la mélodie désolée d'une flûte. Je descends de ma chaise et me précipite dans la cuisine où j'informe ma mère, qui prépare le repas du soir, que « c'est fini ».

La pilule ne passe pas : les choses finissent. J'en ai très tôt conscience. À peine commence-t-on à en profiter qu'il faut y renoncer. Quand ce que j'attendais se produit, j'anticipe l'épreuve de la fin ; je devance la déception qui en découle, afin d'en atténuer les effets. La musique des feuilletons, avec ses accords mineurs, ses harmonies plaintives, m'y encourage. Tout est grave : la pierre alentour me dit aussi que je suis arrivé à un moment où « c'est fini », et c'est dans cette ambiance que je dois grandir.

Peut-être faut-il ruser pour mettre le temps à ses pieds ; comme ce garçon fils de menuisier, qui de marionnette est devenu enfant par l'entremise d'une fée, et dont je suis passionnément les aventures cathodiques. N'obéissant qu'à son instinct, il ne se voue qu'à l'instant présent ; il n'anticipe rien, le passé l'indiffère, il est libre. Il le paie cher, et redevient morceau de bois pour avoir bravé les interdits du monde des adultes. Au prix d'innombrables épreuves, il retrouve forme humaine, et la dernière image du dernier épisode le voit courir sur une plage, entraînant son père, qui peine à le suivre. Un enfant peut donc être celui qui mène la marche, tirant le vieux monde derrière lui. Il faut pour cela beaucoup de courage, et je ne suis pas sûr d'en avoir autant. Mais quoi qu'il en coûte, il semble préférable d'être un enfant plutôt qu'un morceau de bois.

Où que j'aille, dès que je mets le pied dehors, je marche dans les pas de ma mère. Mon père est à l'école, ou penché le soir à annoter des copies sur la table de la salle à manger. Maman ne travaille pas ; on lui a proposé de donner des cours de couture mais elle a peur de ne pas savoir. Et puis, il faudrait me confier à quelqu'un. Elle me conduit le matin à la mal nommée maternelle, un déchirement quotidien dont on ne m'a pas expliqué la raison. Elle ne vient me tirer d'affaire qu'en fin d'après-midi, et raccompagne aussi mon voisin Olivier, dont la mère enseigne aux primaires dans les classes silencieuses en bas de chez nous.

De temps à autre, elle m'emmène jusqu'à un parc aménagé autour d'une maison ancienne ; on ne s'étonnerait pas d'y voir de jeunes femmes au teint pâle descendre de calèches une ombrelle à la main. Sur un étang, flottent deux cygnes : ce sont eux, j'en suis sûr, qui figurent sur la pochette d'un disque que possèdent mes parents. J'observe, intimidé, leurs circonvolutions sur l'eau trouble. Puis, nous rentrons à la maison ; dans l'escalier, le son de nos pas se répercute contre les murs en mosaïque dans un écho d'église.

Des églises, il y en a partout ici. Elles sont vieilles, certaines penchent. Quand on y entre, il faut se taire, même si Dieu n'existe pas. Et quand on sort, dehors, c'est à peine moins silencieux. La vie fait profil bas.

Les gens ont l'air de tenir à ce silence, renfermés comme des îliens. Provins est à leur image : c'est la ville de l'immuable, de la confiture de roses et des lancers de faucons au pied des remparts lors des fêtes médiévales de juillet. Le maire est de ceux qui nous gouvernent depuis la nuit des temps, telle une malédiction dont on ne verrait jamais le bout. Mes parents votent communiste, comme tout le monde dans la famille, et très tôt, je ne peux pas concevoir qu'il en soit autrement. À Provins, beaucoup de gens sont de droite, l'air même que l'on respire est à droite.

Un jour de grève en France, j'accompagne ma mère faire des courses. Tout en travaillant, la charcutière tient sur les grévistes des propos acides, galvanisée par sa clientèle. J'entends alors la voix de ma mère, fébrile et empreinte d'une colère qui monte par paliers. Je ne connais pas cette voix. Le soir, quand elle relate l'incident à mon père, la colère est intacte. Ce jour-là, je me rends compte que nous vivons en terrain hostile.

Plus tard, un soir d'élections, le pays change de camp. Dans la rue, seule une voiture klaxonne. Nous sortons la saluer sur le balcon. Puis, plus rien. La ville ronge son frein.

Je n'ai ni frère ni sœur, mais j'ai des cousins. Ça me semble suffisant. Ils vivent en banlieue parisienne, les uns dans des pavillons, les autres dans des tours. Quand nous allons les voir, nous passons par d'inquiétants tunnels aux lumières orange.

Le dimanche à Paris, tout a l'air mort et terne, d'une autre façon qu'à Provins. Ma cousine m'assure que des formes et des lueurs étranges se déplacent chez elle. Depuis sa chambre, je vois un pâle soleil d'hiver se noyer dans un ciel brumeux. La banlieue est immergée dans ce bain de lumière bridée, sur laquelle des forces obscures viennent poser un voile.

Ma tante Jacqueline n'a pas d'enfants. Aînée de cinq sœurs, elle vit dans une résidence au décor futuriste. Lorsque nous lui rendons visite, je m'ennuie ; son appartement est petit et sombre ; je vais jouer seul dehors, près d'un terrain vague. Jacqueline travaille aux impôts, elle est chef. Sa tête dodeline, constamment, comme si elle n'était pas d'accord. Dans la famille, on la craint, mais on reconnaît aussi, sous son masque revêche, sa générosité. Elle qui n'a jamais été mariée a depuis quelque temps un ami, Georges : on le soupçonne d'abuser de ses bonnes grâces, et on ironise sur le fait qu'il soit inscrit au PC, lui qui n'aime rien tant que visiter des cloîtres et affiche des goûts bourgeois. Mais peut-être que ce qu'on ne lui pardonne pas, c'est d'utiliser un langage châtié.

Chez nous, on ne dédaigne pas la gauloiserie, et rien ne nous met, mes cousins et moi, plus en joie que les grossièretés. Tout ce qui a trait aux odeurs et aux déjections fait l'unanimité, et nous sommes friands d'histoires où les matières fécales occupent le premier plan. Incapable de résister à l'ambiance ainsi créée, j'éprouve néanmoins un semblant de honte lorsque je surprends Jacqueline et Georges contrits et silencieux à la table des repas de famille.

La vulgarité afflige ma tante, elle la ramène peut-être à une autre époque, avec la pauvreté tout autour d'elle, les gueules ravagées par l'alcool, la promiscuité, à sept dans un deux-pièces porte de Clignancourt, et la guerre, les privations. La famille revient de loin, et c'est elle qui a impulsé le mouvement vers une vie meilleure, donné l'exemple. Jacqueline compte sur nous tous pour être dignes de cette échappée, hors la pauvreté. Elle compte sur moi.

Quand des années plus tard, je sors mon premier disque, elle m'envoie une lettre pour me féliciter : elle a entendu dans ce que je fais des accents liturgiques qui ne sont pas pour lui déplaire, elle que le Sacré et les Mystères, toute anticléricale et pragmatique qu'elle est, attirent. Je ne prends pas le temps de l'en remercier, et bientôt, il est trop tard.

De temps à autre, mon grand-père maternel vient vivre chez nous. Il est infirme : une pompe lui a broyé le pied dans sa jeunesse, alors qu'il était installateur chez Esso. Ma mère et ses sœurs l'accueillent à tour de rôle. Ce n'est pas simple quand il est là, notre appartement est petit. Je vois sa grande carcasse voûtée déambuler péniblement d'une pièce à l'autre, ou sur le balcon commun. Il traîne derrière lui un autre temps, dont il ne dit rien. On le sent absent, comme parachuté dans un monde dont il freine l'allure, sans s'en rendre compte.

Avant, il buvait. Maman est toujours hantée par l'image de son père rentrant ivre du travail, et menaçant sa femme. Aujourd'hui encore, elle se méfie, et m'envoie le chercher au seul café du village, où il va en chaussons.

C'est comme une image de vieux film : il se tient debout au comptoir d'une pièce sombre, un verre de rouge devant lui. Il y a d'autres clients, mais personne ne parle. Tous ont le visage cramoisi. Il vide son verre, sans un mot. Nous sortons et je l'escorte avec mon vélo, faisant des zigzags dans son dos.

Quelque chose s'est passé, est-ce un cauchemar, un souvenir ? Un soir, mon grand-père pousse brutalement la porte de ma chambre, les yeux fous. Je la lui renvoie avec force, et celle-ci me revient, et je la retourne, dix fois, cent fois, et je sens son regard me transpercer, je mesure la méchanceté dont il est empli : je suis en danger et personne ne peut rien pour moi. Je parviens à m'enfuir, et je ne sais si je le pousse, le contourne ou lui passe au travers. Je me précipite dans la salle à manger et m'assois aux pieds de mon père qui corrige des copies. Je voudrais raconter à Papa ce qui est arrivé, mais les mots ne sortent pas. Je reste accroupi à fixer la porte de ma chambre. Mon grand-père ne réapparaît pas. Je ne sais pas si j'ai rêvé, et si finalement, il est réellement chez nous.

À notre arrivée au village, je jette mon dévolu sur la chambre du haut, sous les toits, enserrée entre les deux ailes du grenier. La solitude m'attire. Cependant, je ne mesure pas les dangers auxquels celle-ci m'expose ; la nuit, j'entends la poignée bouger et d'étranges craquements s'échapper du grenier. Un après-midi, seul dans la maison, je regarde un épisode d'une série fantastique : j'y vois une armure sortir en surimpression d'une porte et avancer dans ma direction. Mes angoisses nocturnes trouvent là un terreau dans lequel se répandre.

La nuit n'a pas le monopole de la peur. Celle-ci est partout, et pas uniquement au bras du surnaturel. Elle est aussi le lot du quotidien, de la fréquentation des autres. Elle est le corollaire des jours à l'école, aux côtés d'autres enfants qui ont des bouches pour se moquer, des mains pour frapper. J'anticipe le mal qu'on peut me faire, et crains que l'odeur de ma peur n'agisse comme un excitant.

La peur est mon pays. Peut-on l'écrire au titre du lieu de naissance sur la carte d'identité ? Ça me dédouanerait de mon incapacité à être courageux. J'envie ceux qui le sont. Mais la plupart le sont naturellement : leur courage n'est pas le fruit d'une lutte intérieure, il ne leur coûte rien. Je ne peux qu'avoir le cran d'accepter ma faiblesse, et d'en payer le prix, la peur, en espérant qu'elle suscite l'indulgence, et que les autres me laissent « passer ».

Ce serait trop beau. S'il en est un qui ne me laisse pas passer, ce n'est pas un enfant, non, mais mon instituteur. C'est un homme encore jeune, au visage avenant. Il me cite en exemple, parce que je suis appliqué, ce qui n'accroît pas ma popularité auprès des autres, qui me trouvent à part. Il aime sentir l'odeur de ma peur, et en partager le goût. Remarquant un jour que j'utilise mon index comme une gomme, il brandit le cahier maculé de taches grisâtres, et prononce ce mot : « cochon ». La classe, électrisée, s'en saisit, et se met à le chanter sur deux octaves, en marquant une césure nette entre le « co » et le « chon » : on dirait une sirène de pompier facétieuse. Le succès de cette distraction incite le Maître à la renouveler. Il me prend un jour à part pour savoir pourquoi je pleure lorsqu'on me traite de cochon.

Le bestiaire de l'angoisse ne s'arrête pas là. L'âne y talonne le cochon, et mon patronyme n'y est pour rien. Le Maître somme Éric Crétard de venir au tableau ; il le place sur l'estrade et dessine au-dessus de lui deux grandes oreilles. Les rires sont timides. Éric Crétard se tient droit, son visage n'exprime rien.

Le Maître tombe malade. Une jeune femme le remplace et nous apprend des chansons. Elle repère mon timbre de voix, et me confie les couplets. Pour une fois, être remarqué ne me pèse pas. J'aime chanter, et je n'ai pas de problème à le faire en public, pas encore. Mon assurance inhabituelle intimide mes camarades. Lorsque je chante, tout est simple, les autres se taisent, et baissent la tête.

Depuis ma chambre, j'entends une musique monter du salon. Au bas de l'escalier, un vinyle tourne. J'observe l'aiguille creuser les sillons, comme appuyant sur un point de douleur qui fait s'élever une voix plaintive. Celle-ci évoque la mort d'un amour, dans un pays lointain. La tristesse de ce chant ne me rebute pas : au contraire, elle ôte à la mienne son caractère exclusif. M'immerger en elle me raccroche à une humanité dont je ne trouve pas trace hors de chez moi.

Les mots que porte cette voix en appellent d'autres, tapis en moi. J'ouvre des cahiers où ils se répandent bientôt.

C'est un apaisement, une consolation, immédiats, et renouvelables à l'envi. Le silence, qui semble prendre possession de tout ici, recule.

À l'école, l'étau se desserre : je passe dans la classe du directeur, dont l'humeur égale ne se prête à aucun débordement. Les lieux sont moins austères, les murs plus clairs, la lumière du jour y entre volontiers. Après la cantine, nous regardons des programmes éducatifs sur une télévision fixée en hauteur. Sa présence fait le lien avec la vie à la maison, mais ici, les images sont comme dépossédées de leur pouvoir de nuisance. Des tortues géantes avancent sur des galets, des coulées de lave rampent sur un volcan, des scientifiques collectent des ossements. Je n'en retire rien, sinon le plaisir de voir les images défiler, et d'éprouver qu'à l'école l'extérieur peut s'immiscer.

J'ai neuf ans. Nous vivons à nouveau en ville. Dans ma nouvelle école, nous sommes nombreux, et je me fonds dans la masse.

Toutefois, je me méfie de l'extérieur. Sur le chemin de l'école, j'invente une méthode de protection. J'imite le générique des programmes éducatifs vus en classe, et me mets à ce signal en situation de caméra subjective : j'enregistre les éléments de la réalité autour de moi, tout en imaginant être moi-même filmé et objet d'étude. Le filtre de la caméra imaginaire, derrière laquelle je me projette en pensée, me laisse à croire que je ne suis pas en contact avec le réel, que celui-ci n'est fait que d'une substance fictionnelle, inoffensive. Je fais entrer la vie dans un caisson de décontamination chimérique. Je ne l'en sors qu'au retour de l'école, une fois tout danger écarté, en lançant le générique de fin.

Ce stratagème ne fonctionne pas en toute occasion. Il est inopérant lors des séances de piscine bimensuelles. Je ne sais pas nager, et le plongeoir s'ouvre devant moi comme sur un gouffre. Le maître nageur éloigne la perche, et me fait replonger jusqu'à extinction des larmes. Je sors de la piscine avec une rare sensation de délivrance, et l'idée que la vie normale peut reprendre ses droits pendant deux semaines.

Cette expérience a le mérite de m'enseigner ce qu'implique d'être un homme. Je vois se profiler le service militaire, menace lointaine, comme une séance de natation en continu.

Thomas ne partage pas mes craintes : il lui tarde d'aller faire ses classes au camp de Sourdun, en pleine campagne, à quelques kilomètres. Il aime l'uniforme, et je me demande parfois pourquoi nous sommes amis. Lorsque je vais chez lui, je redoute l'arrivée de son père. C'est un homme massif, qui prend totalement possession des lieux quand il entre. Il est conseiller municipal et aime raconter des blagues racistes, que son fils reprend volontiers. Chez eux, il y a un magnétoscope. Thomas m'invite un jour à regarder un film en l'absence de ses parents : on y voit des gens nus se monter dessus et un liquide épais sortir du sexe des hommes. Je ne connais rien à tout ça, je suis sidéré, et plus encore quand je pense que l'homme qui a acheté ce film fait partie de ceux qui dirigent la ville.

Un acteur vient en classe nous donner des cours d'expression orale. Nul d'entre nous ne le connaît, mais il a bien ce qu'on appelle « une tête d'acteur », aux traits nobles. Il arrive à l'école avec de grandes bottes d'écuyer, comme sorti d'un des films d'époque dans lequel il tourne. Nous défilons l'un après l'autre devant lui : il nous regarde avec un petit sourire désolé. Un jour, il ne vient plus. Notre prof concède s'être trompé sur lui. Il aurait dû me demander avant, je lui aurais dit quel genre de type c'était.

Le soir parfois, dans la nuit en hiver, ou dans le jour déclinant aux approches de l'été, j'accompagne ma mère jusqu'à la cabine téléphonique face à la supérette à l'entrée de notre résidence. Maman téléphone à ses sœurs, et moi je traîne autour de la cabine. À rythme régulier, ma mère insère les pièces dans la machine, et la conversation ne s'interrompra que lorsque le porte-monnaie sera vide. Pendant ce temps, je fais des allers-retours sur un muret. De rares voitures passent lentement ; elles semblent le faire à contrecœur, comme désolées de perturber la sérénité du décor. Je ne sais pas pourquoi j'aime autant ces moments-là. Peut-être parce que tout me paraît enfin paisible, imprégné d'une fine brume mélancolique qui, déjà, m'a pris dans ses filets. Le silence de ces fins de journées tient à distance toutes les peurs. Ici, les dangers que font peser la vie et la fréquentation des autres n'ont plus cours, et je pourrais rester là des heures avec ma mère, auprès de cette cabine, sur ce bout de trottoir où presque personne ne passe, pendant que la machine décompte le temps et les mots échangés.

L'été, en juillet, nous gagnons l'Ariège, où mes parents louent un chalet, perdu en montagne. Le mois s'y écoule lentement, rythmé par les visites à mon grand-père et à Madeleine, sa seconde femme. Ils nous accueillent dans la cuisine, où nous mangeons. Nous allons rarement dans le salon, réservé pour des occasions qui ne se produisent jamais. De petites voitures et de minuscules trains en bois y sont entreposés derrière une vitrine que je n'ai pas le droit d'ouvrir.

Mon grand-père nous reçoit vêtu d'une culotte de pyjama et d'une courte robe de chambre ; il est souvent en convalescence. Dans les toilettes, entre les boîtes de conserve, des bocaux contenant des cailloux noirâtres sont exposés : ce sont les calculs qu'on lui a enlevés des reins. Madeleine nous les montre un jour avant le repas. Mon père ne peut supporter cette femme, qui a trop vite remplacé sa mère, morte jeune. Lorsque nous venons à Foix, elle inflige à mes parents d'interminables belotes après d'interminables repas, où j'apprends que le temps est un ennemi. Pour ma mère, ces visites sont un supplice, elle en pleure. Nous apprendrons qu'il en allait de même pour Madeleine.

Nous passons le reste de l'été dans un hameau en bordure de Bretagne. C'est l'endroit qui rattrape le reste, l'école, Provins, bien qu'ici aussi le temps soit en retard : en attestent la pierre des granges, des étables, le sol des maisons, où la terre battue vient juste de céder la place au carrelage, et la campagne alentour, noyée dans une brume sépia d'après-guerre. Une mémoire y court, qui n'écrase pas, et je n'imagine pas aimer autant un autre lieu. La vie est pourtant dure ici, on y saigne des porcs sur la place, on y frappe avec une trique un ivrogne qui s'est chié dessus. Je passe outre, tant j'ai besoin d'un lieu qui me console de l'autre.

Au bord de la Vilaine l'été, je guette le passage d'un train sur le pont à l'horizon. J'écoute le crescendo du grondement des roues sur les traverses, tel un écho inversé. Le train déchire brièvement le décor immobile, le charge d'électricité. Il vient de nulle part et y retourne, comme si j'avais rêvé.

Après les vacances, faute de mieux, nous allons le dimanche en forêt à dix kilomètres de Provins, dans une allée où passent de belles trouées de lumière. Nous y restons l'après-midi. Maman est assise en tailleur sur une nappe posée au sol, elle lit un magazine ou fait des travaux de couture, à côté de Papa, qui somnole. Moi, je joue, seul, un pistolet de plastique en main, à la poursuite d'adversaires imaginaires. Entre les feuillages, derrière un talus, un champ de betteraves se dessine, mais les arbres tout autour semblent le tenir à distance. Je m'en approche cependant, et le regarde derrière les branches, comme on fixe un ennemi, bien réel celui-ci, avec une intensité douloureuse. Je lève le bras, pointe mon pistolet dans sa direction et tire. Je ne doute pas qu'un jour, je l'atteindrai, et qu'il s'effacera, et avec lui, la plaine tout entière. Il n'y aura plus que des arbres, et la forêt.

L'enfance vient à glisser. Elle ne rend pas tout à fait les armes, mais l'on doute que celles qu'elle nous a confiées suffiront à nous protéger, et à donner corps à nos désirs. Aucun pistolet en plastique ne fera disparaître la plaine. Une fois le fait admis, la déception ravalée, on rit de sa naïveté, et on chute dans l'adolescence, dans cet entre-deux où les armes de substitution sont si dures à trouver, si peu fiables, et où les pas sont en quête d'adhérence. C'est à cette période que, cherchant un appui, je rencontre Vincent.

Il y a chez Vincent une vitalité à laquelle je ne suis pas accoutumé, qui me séduit d'emblée. J'ai du mal à comprendre ce qu'il me trouve, pourquoi il recherche ma compagnie ; ma maladresse l'amuse peut-être. Chez lui, c'est une scène de théâtre permanente, on parle haut et fort. J'ai l'impression que la solitude n'y existe pas : on partage tout, on se dit tout, aucun sujet n'est tabou. Son père passe un jour un disque sur lequel toute la famille se met subitement à danser, sa mère m'invitant à les rejoindre et à me « décoincer ». Je les regarde, un sourire gêné aux lèvres ; j'ai le sentiment qu'on mime à mon intention un bonheur familial factice.

Les parents de Vincent sont collègues de mon père à Champbenoist, et votent communiste, ce qui nous lie un peu plus. Son père écoute du rock, et Vincent est comme lui fan des Clash et des Jam, des groupes au discours très marqué à gauche. Leur musique est pour moi trop électrique et charnelle, leurs paroles trop terre à terre. À l'énergie, je préfère la langueur, les paysages intérieurs qu'elle éveille, et les musiques grises, coupées du réel, telle celle de Cure, dont la monochromie est pourtant au diapason du paysage alentour. Ce faisant, je résiste à Vincent, à sa vitalité adolescente, qui tend à m'éloigner de l'enfance, territoire dont les dangers sont, au moins, identifiés et susceptibles d'être endigués.

Mais cette résistance n'est pas totale. Le pacte scellé avec la musique est irréversible, et il y a assez d'atomes crochus entre les goûts de Vincent et les miens pour entretenir cette passion, focalisée sur la new wave et le punk anglais, alors en pleine effervescence. Nous lisons la presse musicale, emmagasinant les références, les noms de groupes auxquels sont consacrés des articles qui nous intriguent, et nous laissent à penser que « c'est pour nous ». Lui et moi avons une même affection pour les seconds couteaux, issus de courants eux-mêmes encore minoritaires. Son père va parfois en week-end à Londres et en revient avec une flopée de vinyles, grâce auxquels nous mettons un son sur des noms glanés dans la presse ; sinon, il nous faut aller à Paris, ou à l'hypermarché de Melun, à cinquante kilomètres.

Après les cours, nous faisons souvent un tour au rayon disques du supermarché du centre, au cas où. Vincent en ressort avec des 45 tours sous le manteau. La plupart me sont destinés ; il sait que je n'aurais pas osé les voler moi-même, et il me les donne sans que je lui aie rien demandé.

Depuis toujours, le son des pas me fascine. Je rêve d'une musique qui ne serait faite que du frottement de la semelle sur le sol, du claquement du talon sur l'asphalte.

Lorsque je m'imagine filmé sur le chemin de l'école, je marche exprès sur du gravier pour donner de la densité à la bande-son.

Des airs tournent dans ma tête, je regrette de ne pas en garder la trace. Mes parents achètent un jour un magnétophone, je m'en empare.

J'enregistre des chansons aux mélodies improvisées, et sur lesquelles je ne reviens pas : toute trace mérite d'être fixée. J'écoute le souffle de la bande comme si c'était le son du temps lui-même.

Chaque enregistrement possède un titre et une jaquette. Vincent profite d'une visite chez moi pour me voler « Blockhaus pour entités paralytiques », dont le contenu romantique me fait redouter ses sarcasmes. Quelques jours plus tard, il me rend la cassette : la jaquette est émaillée de commentaires narquois. J'ai honte que quelqu'un ait entendu « ça », et, plus que tout, que ce soit Vincent. Je ne lui pardonnerai jamais.

Je lui pardonne pourtant, parce que je l'admire. Et parce qu'ensemble nous avons décidé de monter un groupe, et si ce n'est pas avec lui, avec qui d'autre ici ?

Avec Stéphane, peut-être, qui se joint parfois à nos tentatives. Il vient d'arriver à Provins, où son père dirige une banque. Je n'ai jamais rencontré de garçon d'allure si fragile : il a le corps tout fin, le teint pâle, et un visage doux avec des cils comme dessinés au pinceau. Il semble n'être doté d'aucune force et un rien suffirait à le faire tomber. La vulnérabilité que je lui prête me le rend cher, elle me rassure quant à ma propre faiblesse. Stéphane a des goûts musicaux proches des miens, il ne dédaigne pas les groupes de new wave éthérée. Je me tourne vers lui quand Vincent m'agace, à force d'ironie. Cependant, avec la cruauté du faible face à plus faible que lui, je m'acharne sur Stéphane lorsque sa douceur, son absence de masculinité m'exaspèrent, me renvoyant à ma propre fragilité, qu'en brocardant chez lui, je m'exhorte à combattre chez moi.

Dans la cour, une teigne aux cheveux mi-longs, au regard charbonneux, me bouscule. Pendant les interclasses, j'ajuste mes pas à bonne distance des siens, en un ballet de couardise savamment réglé.

Stéphane et moi nous rapprochons de Damien, dont le physique ingrat, le sérieux en classe et la médiocrité en sport nous semblent des garanties suffisantes. En dehors de nous, il fait l'unanimité contre lui, ce qui ne nous déplaît pas. À l'annonce d'une note exécrable donnée à un devoir, il pousse un jour un cri déchirant, incrédule. Puis, il ôte ses lunettes, sort un mouchoir, et s'essuie les yeux en silence, les épaules agitées de tremblements. Il pense sans doute à la réaction de son père. Comme les autres, je l'observe avec délectation. À le voir si faible, je me sens plus fort.

Mais ça ne dure pas. Et je ne peux compter que sur la musique, celle que j'aime ou que j'invente, pour me rehausser à mes propres yeux. Même si chanter devant les autres ne va plus de soi ; lorsque je le fais, j'exagère l'expressivité de ma voix, comme en une parodie de chant, pour ne pas subir de plein fouet le jugement d'autrui : sinon, de l'avis général ça sonne « trop chanson française ». Je ne suis d'ailleurs autorisé qu'à faire les chœurs dans le nouveau groupe que Vincent a formé, avec des copains équipés de vrais instruments. Vincent a une bonne voix rock, légèrement éraillée. Nous n'avons pour deux qu'un seul micro, qu'il tient bien en main, et j'ai beau hurler, c'est à peine si on m'entend dans les enceintes. Nous répétons dans une grande chambre mansardée et des filles viennent nous écouter. Des couples se font et se défont, des histoires qui ne me concernent pas. Je n'ai jamais embrassé qui que ce soit et suis persuadé que mon physique m'interdit la moindre conquête. De toute façon, les filles de mon âge m'effraient, leur aisance et leurs attentes me rebutent. Je rêve d'un amour tendre et limité sexuellement à des attouchements avec une femme d'âge mûr, douce et compréhensive, et sans obligation de pénétration, qui, j'en suis sûr, me ferait mal. Mais je ne tiens pas à m'en ouvrir aux copains. Quand ils abordent le sujet, je coupe court en dansant avec une gestuelle désarticulée qui les met en joie, et leur fait oublier l'ambiance familiale implosive qui règne parfois chez eux.

Je m'entraîne le reste du temps à chanter dans des chemins peu fréquentés, ou sur un terrain vague, quand je promène mon chien, m'exerçant souvent sur « Partir », de Gisor, un nouveau chanteur à la voix de vieille égarée dans un corps jeune, et dont je tente de reproduire le vibrato outrancier. J'ai l'impression d'être le seul à connaître et à aimer cette chanson, devenue mon hymne intime. Je me la passe rarement, de crainte que la bande de qualité médiocre sur laquelle je l'ai enregistrée, l'appareil collé au téléviseur, ne lâche. Elle ne m'en est que plus précieuse : chaque écoute découle d'une décision mûrie, et se déroule dans une atmosphère de dévotion, seul dans ma chambre. Le titre a, de plus, une valeur programmatique. « Partir » est la formulation d'un désir qui ne se relâche pas chez moi : désir que mes parents expriment eux-mêmes avec insistance, me laissant à penser que la fatalité de notre ancrage ici peut être rompue avant que je ne sois en âge de faire mes études à Paris.

Autour de moi, Stéphane excepté, personne ne se plaint d'être ici, comme si tous ne voyaient rien.

Mon père reçoit un jour la confirmation de sa mutation à Nantes, demandée à plusieurs reprises. Je vais enfin pouvoir devenir un autre, échapper au rôle de second plan qui m'est assigné ici. Lorsque j'annonce la nouvelle aux copains, ma joie les heurte, ils sentent qu'ils ne pèsent d'aucun poids. Je pars un jour de juin, dont je n'ai pas le souvenir. Le déménagement se fait sans moi. Début septembre, nous sommes à Nantes.

Provins s'éloigne. Pendant deux ans, j'écris à Vincent, et à Stéphane, qui m'envie d'être parti, et espère faire de même bientôt – la vie en décidera autrement. Nos lettres sont enjouées, et j'y évoque un passage par Provins imminent, souhaité.

Six ans s'écoulent avant que je ne revienne : je n'ai plus de nouvelles et on ne m'attend plus là-bas. Ce n'est pas l'amitié qui motive ce retour, mais la ville elle-même : de façon incompréhensible, sa pierre, ses rues me manquent. Ma rancœur en sort grandie.

Régulièrement, j'éprouverai ce besoin de revisiter « mes bases », comme pour m'assurer de leur existence, de la mienne, et de l'inanité de ma nostalgie. Mes retours seront toujours brefs, à peine une journée. Je partirai chaque fois sans regret, comme libéré d'une dette pour quelques années.

Mes visites s'espacent. Les contours d'une autre existence se dessinent, auxquels Provins ne prend aucune part. Je commence à vivre de la musique, et je proteste rarement lorsqu'on me présente comme nantais ; j'aime l'idée de me construire une origine factice, avec le concours d'interlocuteurs peu regardants. Un jour, je trouve sur un marché un polaroïd figurant deux religieuses et un prêtre au pied de la Tour César, sous un ciel lumineux. La photo me trouble, je l'achète et je la regarde souvent. Il émane d'elle une douceur étrangère à l'image que je garde de la ville, celle d'un lieu âpre, où vivre ne se faisait pas.

Dans le métro parisien, au détour d'un couloir, une affiche avec un homme, un faucon attaché à son bras, et à l'arrière-plan, une femme en costume médiéval et des cavaliers en armure, lance pointée à la verticale. En écriture romane, le nom de Provins, et des dates accolées. Tout ceci existe donc bien, a une réalité qui m'est extérieure, et peut encore surgir, n'importe où, n'importe quand. Ce n'est pas moi qui ai rêvé ce lieu, qui l'ai inventé pour donner un sens à ce que j'ai fait depuis, tous ces mots, toutes ces notes, au goût de revanche ou de perpétuelle allégeance, je ne saurai jamais.

Ma vie est désormais rythmée par les tournées à travers le pays. De derrière la vitre du camion, je vois défiler des paysages de plaines rases, je traverse des villes où les murs ont des siècles, et le clament. Je découvre que Provins n'est pas l'unique bout du monde. Ailleurs aussi, la terre a parfois l'apparence d'une terre des morts, ne tolérant les vivants que pour entretenir leur mémoire.

Au printemps 2001, j'enregistre un disque dans la campagne galloise, dans un manoir réaménagé en studio. La session s'achève, et comme la météo le permet, John, le producteur, me propose d'essayer quelques chansons acoustiques à l'extérieur, au pied de la rivière qui coule à côté, avec le chant des oiseaux en arrangement additionnel. Je n'ai rien prévu de particulier, et j'ai le sentiment d'être sec, comme à chaque fin d'enregistrement. J'égraine sans conviction une suite d'arpèges, quand je repense soudain à un texte que je n'ai pas utilisé, texte où pour la première fois j'évoque les paysages d'enfance, les terres brunes enserrant la ville. Très vite, la chanson est en boîte, avec une facilité qui m'étonne, me laissant à penser qu'elle attendait son heure, un moment de relâchement.

Quelques années plus tard, assis sur un carton de déménagement, j'écris sans l'avoir prémédité un long texte sur ma vie rue des Marais : il naît sans effort, de façon quasi automatique, avec la musique dans la foulée. J'enregistre aussitôt la chanson dans mon nouvel appartement, avec un studio portatif. C'est la version définitive, je n'y retoucherai pas. J'y entends des accents de vérité qui me sidèrent quand je la réécoute le lendemain, et qui provoquent la même réaction chez mes proches. Sans s'annoncer, le passé a resurgi pour me permettre de prendre mes marques dans mon nouveau lieu de vie, et me signifier qu'où que je vive, il tient encore les rênes. L'aisance avec laquelle il s'est glissé dans ma musique me rappelle que nos liens sont intacts.

Bien que la musique m'ait donné une existence publique, je ne reçois pendant longtemps aucun signe de la ville. Passé les remparts, le monde existe-t-il ? Les sons qu'il émet franchissent-ils le pont-levis ?

Oui, si j'en crois une lettre qui me parvient enfin de là-bas, d'un élève qui veut m'interviewer pour son fanzine. Son prof de français, monsieur Ancelin, qu'il présente comme un ancien critique rock, l'a aiguillé vers moi. Toute une mécanique mémorielle se met en branle, et une étonnante vérité se fait jour.

Monsieur Ancelin était un de mes enseignants. Des rumeurs couraient à son sujet, « on » l'avait surpris en costume à paillettes dans une boîte, mais ces bruits de couloir, bien que faisant se dresser nos antennes, nous semblaient trop plaisants pour être dignes de foi. Vincent et moi avions constaté qu'il s'intéressait à la musique que nous aimions, mais interrogé à ce sujet, il restait évasif, sur la défensive. Je lisais la revue *Best*, et avais repéré la signature de Gilles Ancelin, qui se répandait essentiellement sur des groupes de hard qui m'indifféraient, mais aussi sur des formations new wave qui m'étaient chères : j'étais loin de faire le rapprochement entre le sobre pédagogue qui tentait de nous convertir à Hugo et le critique rock homonyme. Il garda des années durant le secret de sa double vie, que nul ne perça à jour ; il ne tomba le masque qu'une fois les ponts rompus avec le barnum de la pop music.

Lorsque je le revois, en mars 2011, il me raconte que le vendredi après les cours, il courait souvent prendre à Paris un avion à destination de Düsseldorf, Londres ou Houston, pour y rencontrer des musiciens vêtus de peaux de bête et au regard rehaussé de khôl ; il rentrait chez lui le dimanche soir, pour nous parler le lundi matin des *Misérables*.

Mon métier bat enfin le rappel. Je retrouve d'anciens camarades, à Paris, à Berlin : chaque fois, le sentiment qu'eux ont changé, et pas moi.

Je viens rencontrer une classe dans mon ancien collège, me défaussant d'autres engagements. Sur place, je retrouve tout « en l'état » : rien n'a bougé, hormis l'ajout d'un dortoir pour pensionnaires. La pierre du bâtiment est intacte, sans signe de décrépitude apparent. Le documentaliste qui m'a invité me présente à la sous-directrice et à des enseignants : tous ont l'air de se demander qui je suis et ce que je fais là. Le moment avec les enfants rattrape heureusement la donne. J'aime le rôle qu'ils m'assignent de spécialiste des lieux, « qui a réussi » ailleurs ; j'en tire une fierté exagérée, que j'ai du mal à contenir. Je pense à l'acteur qui venait nous donner des cours d'expression orale. Les enfants m'interrogent sur mon métier, mais ils veulent avant tout savoir « comment c'était avant ici ». Mais « avant » n'existe pas encore pour moi. En revenant là, j'en suis toujours à tenter de démêler l'écheveau d'un temps qui ne dit pas son nom ; j'ignore s'il relève d'un passé toujours différé, en attente d'être reconnu comme tel, ou d'un présent perpétuel où les jours ne s'additionnent pas mais se piétinent les uns les autres.

Un soir d'octobre 2009. Je marche sous une pluie battante au sortir du métro, freiné par de grandes rafales de vent. Bientôt, un bras se lève dans ma direction, de l'autre côté de la rue. C'est lui, c'est Vincent. Nous nous serrons la main, ou nous embrassons, je ne sais plus, avant de nous engouffrer dans un genre de bar américain, avec comptoir et tables en bois, banquettes de skaï rouge, et enseigne Budweiser au néon : un cadre impersonnel, choisi par Vincent, avec une musique vieillotte en fond, parfait pour des retrouvailles. Nous nous asseyons face à face. À part le barman et un autre client, il n'y a que nous deux, et nos fantômes d'adolescence. Nous nous regardons, heureux et inquiets. Nous ne nous sommes pas vus depuis vingt ans.

Vingt ans plus tôt, je suis à Nantes. J'ai vingt et un ans, et, déjà, l'envie de confronter mes jeunes souvenirs à la réalité. J'ai la conviction que revenir sur mes pas me permettra de consolider mon lien avec ma ville d'adoption, et d'en finir avec une nostalgie qui n'a pas lieu d'être.

Un jour, je me lance, et prends le train pour Provins, via Paris. Je trouve en arrivant une chambre dans un bar-hôtel du centre. Je sillonne les rues toute la journée, et je jubile, tout est conforme à mes souvenirs, maintenant le premier train peut m'arracher à ce décor, et il ne tient qu'à moi de ne jamais y revenir. Je n'ai prévenu personne de ma venue, mes dernières lettres à Vincent et Stéphane remontent à plusieurs années, et ils doivent être à Paris. Sans que j'en aie conscience, mes pas me conduisent bientôt jusqu'à une maison derrière une grille noire. J'hésite, puis sonne. Vincent, en week-end chez sa mère, m'ouvre.

Ses parents sont séparés. Sa mère m'offre un café puis nous sortons retrouver des amis à lui. Au fil de la soirée, je sympathise avec certains, et, par contraste, le lien avec Vincent semble distendu. Je me rends compte que je lui en veux encore pour toutes les petites vexations, le coup de la cassette. À certaines piques qu'il me lance, je sens que je l'agace aussi. Quelques années suffisent donc à ce que les meilleurs amis ne se comprennent plus. Tard dans la nuit, je le raccompagne en le soutenant jusque chez lui : il est ivre, et sort des phrases incohérentes. Je rentre à l'hôtel dormir quelques heures et, au matin, saute dans le premier train pour Paris, soulagé.

Pendant vingt ans, ni lui ni moi ne nous redonnons plus signe de vie.

Je croise un jour son frère Julien, sur le tournage d'une vidéo où il tient la caméra. Je lui donne mon adresse email, sans trop y croire.

Maintenant, assis face à face dans ce bar, sous la photo d'ouvriers new-yorkais faisant une pause au-dessus du vide, je me dis que nous sommes un peu dans la même situation, lui et moi, la désinvolture en moins, le gouffre des années sous nos pieds, à tenter de renouer le fil d'une amitié suspendue. J'observe son visage, presque identique à celui d'hier, mais qui semble greffé sur le corps d'un autre, plus massif, comme si un adulte avait usurpé les traits de l'adolescent qu'il était. En dépit du léger malaise que j'en retire, je me sens vite bien avec lui, avec celui qu'il est devenu et qui se dévoile peu à peu, empreint d'une réserve nouvelle, une modestie de ton sans doute acquise de longue date mais que je ne lui connaissais pas. Nous mettons un certain temps à évoquer le passé, tournant autour, probablement par crainte de nous livrer à une triste pantomime des frasques et des bons mots d'hier. Quelques verres plus tard, les digues cèdent, les souvenirs déferlent, et Vincent m'avoue qu'« à l'époque », il m'admirait. J'en reste sans voix : je me souviens de lui raillant ma coupe de cheveux, ma dentition, mes fringues, et de moi, acceptant tout, parce que j'étais sous le charme et que son amitié me flattait. J'aurais voulu être lui ; j'espérais qu'il me transmettait un peu de son charisme. Comment imaginer que pendant ce temps, je le fascinais, et que son ironie n'était qu'un paravent de pudeur adolescente ?

À l'époque où je revois Vincent, je tente d'écrire des nouvelles. Je ne m'y suis pas essayé depuis l'enfance, tétanisé par ma vénération pour la littérature, et redoutant le syndrome du « livre de chanteur ». Mais je persévère cette fois, parce qu'on m'y encourage, et qu'écrire consiste peut-être en ça aussi : reconnaître son impuissance à le faire, et s'y atteler malgré tout. Vivre nous apprend bien que nous ne savons pas vivre, et nous le faisons quand même. Si au bout il y a un livre, tant pis si ce n'est pas celui qu'on voulait faire. Un livre est un regret, mais au moins est-il délesté de celui de ne pas l'avoir écrit.

L'une des nouvelles auxquelles je travaille, « L'amenuisement », est déjà bien avancée. Elle raconte l'histoire d'un homme qui, pénétré de l'idée de sa fin prochaine, s'évertue à vivre de moins en moins, de façon à ce que le passage de la vie à la mort ne soit qu'un événement à peine perceptible, dont il n'aura qu'une conscience ténue. À mesure que je progresse dans le récit, je sens comme une gêne, une sensation de fausseté : je me rends compte que ce n'est pas là ce que j'ai envie de raconter.

4 mars 2011. Je prends à nouveau le train pour Provins, depuis la gare de l'Est à Paris. Je vais jouer dans ma ville, pour la première fois. Quelques semaines plus tôt, son maire s'est illustré en remettant au goût du jour le concept barrésien d'« amour du terroir ». À voir le nom de Provins, d'ordinaire préservé par l'actualité, faire ainsi la une, j'ai eu le sentiment d'un message qui m'était adressé : par édile interposé, la ville entendait me rappeler là où je remettais les pieds, et ce à quoi je m'exposais en venant y délivrer mes complaintes, notamment les deux chansons qui la concernent. J'ai cependant hâte de jouer celles-ci sur place, j'ai la faiblesse de penser qu'elles y prendront tout leur sens.

Vincent, que je n'ai pas revu depuis plus d'un an, sera là. La soirée se prolongera chez son père qui vit toujours là-bas. Monsieur Ancelin se joindra à nous : cette perspective ravive en moi le complexe de l'autodidacte face au jugement d'un spécialiste, qui plus est mon ancien prof, que j'imagine noter ma performance en fin de soirée. Mais le verdict du public local m'inquiète plus encore, mes chansons sur la ville étant peut-être trop teintées d'amertume pour ne pas susciter le rejet.

J'ai décidé de partir tôt le matin pour arpenter les lieux. Je veux qu'au contact de la réalité mes souvenirs aient le temps de retrouver une consistance que les années ont pu leur ôter. Ce texte, entamé il y a quelques mois, nécessite que je le consolide par un regard neuf sur ce qui l'a initié. En m'invitant, la ville me signifie qu'elle a pris acte de mon existence, indépendamment d'elle. Par là même, elle légitime mon désir de mettre des mots sur ce qu'elle m'a légué, et qui m'obsède. Une chanson, « Rue des Marais », l'annonçait : je me raconterai un jour, quand j'aurai appris à « viser ». Je ne me sens aujourd'hui pas plus apte à viser qu'hier, tout au plus autorisé à essayer. J'ai le naïf espoir que les mots qui en découleront, une fois posés sur le papier et déchiffrés par des yeux inconnus, me permettront de ne plus vivre tel un satellite autour de mon passé, et de quitter, enfin, Provins.

Derrière la vitre du train, le paysage se dénude peu à peu. Aux dernières barres d'immeubles, succèdent des champs verts et bruns, des bosquets repliés sur eux-mêmes, des châteaux d'eau, des silos à grains. J'ai déjà fait ce trajet, mais jamais avec une telle appréhension. J'ai le sentiment d'être une bête renâclant à regagner son enclos et qui tirerait pourtant sur sa bride pour s'y contraindre elle-même. Je voudrais que ce voyage se prolonge, que ce train n'arrive pas.

Le convoi traverse les cafardeux Mormant, Nangis, puis, dans une vallée soudain verdoyante, ralentit sur le long viaduc incurvé de Longueville, au bout duquel il s'arrête quelques minutes ; il repart ensuite en arrière et oblique sur une voie unique, une voie à l'écart, jusqu'à son terminus, Provins. Le train parcourt lentement les derniers kilomètres. La Tour César apparaît enfin, se découpant nettement sur le bleu du ciel. Je descends, et marche en direction de l'hôtel dans un état second.

Débarquer au Kamtchatka me dépayserait-il davantage ? Aucun retour ici ne m'a rendu si nerveux. J'ai la sensation de marcher dans des rues inconnues, pourtant arpentées mille fois. La profusion de maisons à colombages me surprend, tel un touriste. Je débouche sans la chercher sur la rue des Marais, face à l'école primaire. Au fronton du bâtiment, surmontant l'entrée principale, apparaît l'inscription « Travail et gaieté », gravée en lettres massives dans la pierre. Je ne m'en souvenais pas, et c'est pourtant sous son patronage que ma vie a commencé.

Une rue plus loin, je parviens à mon hôtel, où je suis reçu sans chaleur excessive. Je dépose mes affaires, puis ressors glisser mes pas dans ceux d'hier, jauger de la profondeur de leur empreinte. Je sais la complaisance qu'il y a à revenir ausculter le foyer de ma mélancolie.

Ce que je vois de la ville ne me semble pourtant pas si déprimant. Peut-être ai-je rejeté sur elle la responsabilité d'une humeur dont elle n'a fait qu'accentuer les effets. La tristesse vient peut-être d'ailleurs, d'un legs familial dont je refuse de connaître l'origine, par peur d'une remise en cause trop brutale. Je me suis rabattu sur celle qui émane des rues de Provins pour l'en rendre coupable. Je ne me suis jusqu'alors jamais dit que la mélancolie n'était pas d'une seule pièce, qu'elle pouvait puiser à plusieurs sources et que les plus souterraines n'étaient pas les moins abondantes.

Je vais d'un pas vif, les sens en éveil. Je crains que le temps ne me manque pour revoir tous les lieux, comme s'il s'agissait d'établir une topographie définitive de mon passé, de superposer une fois pour toutes le souvenir à une réalité arrêtée ; j'écarte l'idée que l'instant présent est lui-même appelé à faire l'objet d'un souvenir, qui remodèlera tout. Encore que sa marge de manœuvre semble limitée : à mesure que je reprends mes marques, je suis surpris de constater à quel point l'écart est mince entre ce que je vois et les images que j'en ai gardées.

Ici, une boutique animalière a remplacé la supérette. Le sentier où je m'égosillais sur la chanson de Gisor, longeant une usine fermée, a fait place à un rond-point. La cabine d'où Maman téléphonait a disparu. À part ça, tout est à l'identique, tel un décor de film qu'on aurait négligé de déconstruire. J'emplis les tiroirs mémoriels d'éléments oubliés mais ne redécouvre rien, déçu de ne pas me sentir plus étranger. Hier et aujourd'hui se rejoignent, et se fondent l'un dans l'autre sans heurt.

Je gravis la pente menant en Ville Haute. Toutes les distances me paraissent dérisoires. Mon pas a gagné en assurance depuis l'enfance, il est chargé des chemins parcourus aux quatre coins du monde, à côté desquels les trottoirs provinois font pâle figure. Je ne traîne pas, tant la sensation de familiarité se confirme ; ce retour aux sources ne me sera peut-être d'aucune utilité.

Mais n'est-ce pas ce que je cherche, au fond : retrouver tout tel quel, inchangé. Être conforté dans mes certitudes. Savoir le livre écrit depuis longtemps, sans risque de voir sa trajectoire s'infléchir, son propos se nuancer.

Il est midi passé, et de partout des collégiens accourent, que le beau temps rend euphoriques. Je ne m'attarde pas ; cette animation me perturbe, elle va à l'encontre des sentiments d'incomplétude et de désolation liés pour moi à la ville. Je sais pouvoir les retrouver à deux pas d'ici près des remparts, face auxquels s'ouvre la plaine.

Une partie des remparts a été restaurée : on dirait un décor de carton-pâte, jurant avec le caractère rugueux de la partie restée en l'état. Le long de la petite route bordant les fossés, les platanes ont été coupés, et la nudité du panorama me saisit. Isolé, presque caricatural dans sa perfection photogénique, un arbre se penche au loin sur une route sinueuse qui se perd dans les champs. Voilà ce que je venais voir, ce que je voulais retrouver : ce paysage minimal et le vertige qu'il provoque en moi.

Me revient une phrase, lue en ouverture d'un manga de Kazuo Kamimura : « Ce qui marque le plus une personne, ce ne sont pas tant ses expériences passées que les paysages dans lesquels elle a vécu. »

Arrivé à la fin des remparts, j'aperçois La Bretonnière, juchée sur une colline. Le village me semble proche, et m'attire : je n'y suis pas allé depuis vingt ans, et j'ai encore quelques heures avant le rendez-vous avec Vincent. Je redescends en Ville Basse, longeant les derniers remparts en voie de restauration, puis une allée dont le tracé épouse celui de la portion d'enceinte disparue. Je passe devant la piscine ; à l'entrée, deux SDF tentent d'en convaincre un autre de se relever, spectacle qui m'étonne comme m'étonne et, au fond, me dérange, tout ce qui indique que la vie circule ici, moi qui entends rester sur la perception d'un monde figé, à l'image de ceux que l'amour du terroir travaille.

Je monte vers La Bretonnière quand un ami me téléphone. Son appel me soulage, telle une irruption du réel dans un territoire imaginaire, dont j'oublierais presque que je peux m'extirper à tout moment. Quand je raccroche, je suis déjà arrivé : elle n'était donc pas bien grande, la distance qui me coupait avant de « la vie normale ».

Le décor est plus engageant que dans mon souvenir ; nombre de façades ont été repeintes, et sur la place principale, des demeures, auparavant sur le point de s'effondrer, ont été rénovées, ainsi que la chapelle à côté, qui tombait en ruine. Je parviens à la maison où je vivais, toujours isolée à la sortie du village, au croisement de deux routes en direction de nulle part. Elle aussi paraît comme neuve : une véranda s'est substituée à l'escalier d'entrée, et à la place des haies d'antan, on a dressé une enceinte. Nul signe de vie ne s'en échappe. À quelques centaines de mètres, apparaît Rouillot, où vivaient les Crétard, et où je ne pousserai pas le vice jusqu'à me rendre. La maison délimite le périmètre d'enfance au-delà duquel il ne sert à rien d'aller ; si tant est que revenir ici serve à quelque chose.

Je fixe incrédule le panneau du village, me répétant en moi-même : « Tu es là… Tu es là... »

Je regagne Provins. Arrivé à l'hôtel, je voudrais dormir, mais je n'y arrive pas.

Vincent entre dans le café avec son père. Robert n'a pas changé, c'est toujours le même homme aux yeux rieurs, liant et affable. Il nourrit pour la musique une passion intacte, et nous dit posséder plus de huit mille disques, collectés durant un demi-siècle, une somme dont il se demande ce qu'elle deviendra après sa mort. Vincent, qui a pris le premier train pour Provins après son travail, parle peu, presque effacé, ce qui me touche ; je retrouve celui qu'il est devenu, loin du monstre d'assurance dont je gardais le souvenir. Il me glisse qu'il a quelques trucs à me montrer, des photos, des lettres, chez Robert, qui a tout prévu pour après le concert.

Une centaine de personnes sont assises, ce qui suffit pour que la salle soit pleine. Je monte sur scène, et entre deux chansons exécutées sans finesse, essaime des commentaires acides sur la ville et ma vie ici, comme si voilà, le moment était venu de régler mes comptes. Contre toute attente, mes propos réjouissent l'auditoire ; on tolère que je déballe mon sac, et même, on m'y encourage. Le conflit redouté n'aura pas lieu, et je baisse ma garde, rassuré.

La rue des Marais est toute proche. Quand je chante le morceau qui s'y rapporte, je ne ressens pas l'émotion espérée : la chanson se referme sur elle-même, se protégeant du pathos qui la guette. Elle me fait savoir qu'elle ne peut fonctionner qu'à distance, que la proximité avec son sujet, sur les traces et les lieux d'enfance, lui coupe les ailes.

À la fin du concert, on vient me voir, des amis et des inconnus, des camarades de classe, d'anciens collègues de mon père dont je ne connaissais que les noms, enfin incarnés. Ils se succèdent, brièvement, comme en une parade où les fantômes d'hier jouent des coudes, puis s'évanouissent avec le rapide départ de ceux qui les ont réveillés.

Plus tard, chez son père, Vincent me montre les documents promis : des photos de classe qui tirent nombre de noms et de visages des oubliettes, des lettres écrites depuis Nantes, ainsi que des clichés pris par son frère dans la cave de leur maison, et sur lesquels Vincent et moi nous sommes mis en scène. J'en ris avec lui, mais au fond, ce que je vois sur ces photos me consterne : mon visage y est dur, agressif, et contraste avec celui, doux et pensif, de Vincent. Ces images vont à l'encontre de l'idée que je me faisais de moi, celle d'un garçon trop sensible au sein d'un environnement hostile.

Je repense à ces mots entendus un jour derrière une porte : « Ce n'était pas un enfant attachant. »

Il faut croire que j'étais pétri d'une pâte plus dure que je n'imaginais, aguerri par quelques déconvenues précoces. J'ai peut-être transposé sur les lieux et les gens l'âpreté de mon caractère pour préserver de moi une image aimable, toute de douceur et de vulnérabilité mêlées. Ou alors j'étais au diapason de la rudesse de la ville et de ses habitants, tout en pensant mériter mieux que leur fréquentation. Si j'ai tant de mal à couper mes liens avec Provins, ça n'est probablement ni par fidélité à l'enfance, ni par besoin de déchiffrer le passé : c'est que la ville et moi nous comprenons bien, nous reflétons l'un l'autre. Nous sommes assortis, unis pour la vie par une même mélancolie âcre et agressive, un même goût de la poussière et du marécage, de ce qui recouvre et englue, chacun à l'abri derrière sa forteresse, guettant l'ennemi depuis les meurtrières, portant sur la plaine le même regard d'envie et d'inquiétude face à tout ce qui peut en surgir, toute nouveauté susceptible de bouleverser l'ordre des choses.

Je pars le lendemain matin, après une courte nuit. Je n'ai pas encore pris la mesure de ce que m'a apporté la journée d'hier. J'y ai retrouvé la ville telle qu'en elle-même, mais le passé me semble aujourd'hui moins amer. En dépit des photos de Vincent, j'ai la sensation d'un apaisement, entériné par un épisode survenu à la fin du concert : prenant la parole pour remercier le public, un des organisateurs a glissé qu'il fallait se réjouir de la rancœur que je vouais à Provins, compte tenu des chansons qui en avaient découlé. Je n'en revenais pas : par la bouche de cet homme, la ville, loin de me rejeter, m'accordait un blanc-seing, et m'était reconnaissante d'avoir transfiguré sa tristesse. Aussi, quels que soient les autres messages, contradictoires et perturbants, qui m'ont été transmis la veille, j'ai l'impression qu'un nœud s'est dénoué, qu'une réconciliation entre le lieu et moi s'est produite et que je n'aurai peut-être plus besoin d'y revenir.

C'est la nuit. Nous rentrons à la maison après une soirée passée en famille, près de Paris. J'ai sept, huit ou neuf ans, et je somnole à l'arrière de la voiture. Mes parents ne parlent pas, nous sommes tous trois fatigués, et mon père lutte pour ne pas s'endormir au volant. Je lève les paupières aux environs de Nangis, mû par un mouvement d'inquiétude habituel à l'approche de la raffinerie que longe la route dans ce périmètre. Je guette alors la petite flamme sortant d'une cheminée, à côté des réservoirs. Mon père m'a dit une fois que la présence de cette flamme indiquait que tout allait bien dans l'usine, et que si par malheur elle venait à s'éteindre, tout exploserait. Il ne m'a pas donné plus d'explications, et je ne lui en ai pas demandé. Ce soir, comme chaque fois, je vois la petite flamme onduler dans la nuit. Je me retourne pour la regarder, jusqu'à ce qu'elle disparaisse de mon champ de vision, puis me rendors.

Rue des Marais

Il neige ce matin
Dans la rue des Marais
David court
Et je lui cours après ;
La sonnette a parlé
Tournez vos sabliers
Et la blouse vert d'eau
Pénètre sous la peau.
16 h 30, les cris
Les sabliers vidés
Bientôt j'écrirai tout
Quand je saurai viser ;
En attendant, j'embrasse
La joue qui s'est baissée
Dans la rue verglacée
Et à demain l'angoisse.

Il neige ce matin
Cinq ans à tout casser
Dans la rue des Marais ;
David est essoufflé
Je l'ai bientôt rejoint
Et je n'sais plus après.
Christelle est la première

À n'pas vouloir m'aimer :
Je pressens une liste
Longue à se dérouler.
Hier sous les remparts
Le chien s'est échappé ;
J'aurai bientôt onze ans
Je songe à m'habituer

Au sang de betterave
Au jus de rose mêlé
Je saurai m'habituer ;
Je ne saurai jamais
Et j'irai dispersé
Loin de rue des Marais.

C'est un vieux effrayant
Qui entre dans ma chambre
Et fait claquer la porte
Je ne saurai jamais
Si j'ai rêvé tout ça
La porte renvoyée
À la face du grand-père
Un jour, rue des Marais.

La perche dans le chlore
Me semble hors de portée
Dans un instant je plonge
Le monde aura gagné ;
Dans le square la roue tourne
Tranchante, dentelée

Le genou, comme la pierre,
S'en va cicatriser.

Une ville à deux versants
Haute et basse m'obsède
Tout m'y est arrivé
Et depuis je décline
Sur tous les tons la tristesse
Qu'elle m'a refourguée.

Il neige ce matin
La pierre embourgeoisée
Accueille sourcils froncés
La belle intruse blanche
Qui me fait m'étaler
Je pleure comme un dimanche
Plus tard j'écrirai tout
Quand je saurai viser

Viser rue des Marais
La télé allumée
La vie qui démarrait
Et l'odeur de l'orange
Qui me réveillerait
Demain rue des Marais.

Album *L'Horizon*, 2006
(Delabel / EMI Music)

Les terres brunes

Des terres brunes, j'ai voulu
J'ai voulu ne garder
De souvenance aucune.
Mais

C'étaient des terres humides
Qui s'accrochaient aux pieds :
Même au-dessus du vide,
Elles restaient collées.

J'étais un écolier
Et l'école était brune
Comme la terre accrochée
J'ai voulu n'en garder
De souvenance aucune.

Mais le sol peut trembler,
Disparaître la lune,
Et tout se retourner,
On trouvera collée
Sous mes pieds la terre brune.

Album *Auguri*, 2001
(Delabel / EMI Music)

RÉALISATION : PCA À REZÉ (LOIRE-ATLANTIQUE)
IMPRESSION : CPI BRODARD ET TAUPIN À LA FLÈCHE
DÉPÔT LÉGAL : JUIN 2013. N° 109627 (72906)
IMPRIMÉ EN FRANCE